밥이 예수다

손종수
시집

밥이 예수다

손종수
시집

book*in*

2017

눈앞의 복잡한 매듭이 고르디우스의 문제라는 걸 깨닫는 순간 힘껏 칼을 휘둘렀고 비명 속에 관습의 억압이 두 동강 났다.

처음의 마음으로 돌아가 스스로 의지를 일으켜 세우는 시간이 필요했을 뿐, 알렉산더의 칼은 그의 손을 벗어난 적 없다.

5월의 하늘 높이 파랑새 한 마리 날아올랐다.

2017년 3월

|차|례|

제4부

1부

활의 미학

과녁을 꿰뚫는 순간이 절정이라고?

아니야, 그건 표적에 적중한 화살의 떨림, 여운이라는 환상의 눈속임이지

절정이란, 활대가 달처럼 휘고 시위가 더 이상 날카로워질 수 없는 임계의 꼭짓점을 만들 때 손가락에 모았던 마지막 집념을 탁, 놓아버리는 바로 그 한 호흡의 해방

떠오르자마자 흔적 없이 사라지는 밤하늘 별똥별의 찬란이야

절정을 깨달은 사람은 놓아버린 사람이고 놓아버린 사람만이 모든 억압으로부터 자유롭다.

명왕성 이야기

오랫동안 누군가의 집이 되고 싶었다.

방바닥에 엎드려 동화책을 보다가 바느질하던 엄마의 눈
과 마주친 아이의 웃음 같은 집

육성회비 내지 못해 교실에서 쫓겨났을 때 동네 골목까
지 바래다준 슬픈 햇살과 그림자친구 같은 집

신문배달하다 갑자기 쏟아진 소낙비에 마음까지 온통 젖
었을 때 불쑥 건네준 소녀의 노란 우산 같은 집

김장철 시장바닥에서 줍던 배추 겉대보다 더 시퍼런 인심
의 틈새에서 손짓하던 포차 아저씨 오뎅 국물 같은 집

고속 재봉틀 바늘에 손가락 꿰뚫리고 공장 바닥 군용이
불 속에서 밤새 앓던 소년의 아늑한 진땀 같은 집

모두 안 된다고 고개 저을 때 홀로 일어나 내가 하겠노라
고 말하던 사내의 붉은, 붉은 뛰던 심장 같은 집

하고 싶은 일 할 수 있는 힘 가졌을 때 기다려주지 않고
떠난 미운 이름들 모두 불러다 밥 먹이고 싶은 사람의 집

기다리다가 그리워하다가 마침내 누구의 집도 되지 못한
허공의 집

* 명왕성은 1930년 2월 미국의 클라이드 톰보에 의해 발견되어 태양계 9
번째 행성이 되었다가 2006년 8월 국제천문연맹에서 행성이 분류법을 바
꾸면서 행성의 지위를 박탈당했고 소행성 목록에 134340이란 분류번호
로 남아 있다.

태양계 연대기

이를테면 이런 것이다.

인사동에서 꽃다발 안고 돌아오는 늦은 밤길 청파동으로
달리던 택시를 보문동으로 돌리면서 원죄도 없이 태양계에
서 추방된 명왕성을 생각했다.

외로워서도 쓸쓸해서도 아니다. 그것은 그저 토성 따라
도는 이아페투스* 사진 보며 호두껍데기 둘레의 두툼한 주
름을 만져보는 것처럼 자연스러운 일이다.

그나저나 난생 처음이라니, 받은 사람보다 꽃다발이 먼저
얼굴 붉히더라.

알고 보니 그렇게 축복 하나 없이 심심한 인생이었다는
건가.

천문학적 돈다발 꽃잎처럼 뿌리며 소행성 에로스 향해
이천이백오십만 킬로미터를 날아간 니어 슈메이커의 마음
도 이보다 무료하진 않았겠다.

화성남자와 금성여자의 이야기는 듣고 싶지 않으니 티티
우스 보데의 법칙은 몰라도 좋다.

오늘밤 꿈엔 기자의 피라미드 위에 올라 미확인 비행물체를 확인해야겠다.

이집트 카이로 마르스는 태양 아래 하나의 빗금 안에 있고 백만 년을 견뎌온 사랑은 이후로도 계속 고독해야 한다.

* 토성의 달.

태양계 연대기 2

눈을 뜨니 천정에 제우스의 손톱 같은 검은 달이 떴다. 음각의 달은 먼 기억을 데려와 그를 내려다보고 있었다. 토성의 23번째 위성이 생각난 이유는 흰 눈으로 뒤덮인 어제와 먼지를 뒤집어쓴 오늘 때문인가. 아니, 때마침 지구의 시계바늘이 자정을 넘어 3시 56분을 지나고 있었기 때문인지도 모른다. 이제 와서 포에베고리*를 안다 한들 달라지는 것은 없다. 호두의 도톰한 지름을 문지를 때마다 사만 피트나 솟구친 이아페투스 적도의 띠가 그리워진다. 46억 년 전의 기억이 이토록 생생하게 돌아오다니. 아나타소프나 애니악이 도대체 무슨 상관인가. 튜링은 실패하지 말았어야 했다. 어긋난 한 뼘, 궤도를 잃은 사랑은 아득한 천공으로 영영 멀어지고 자전과 공전의 주기가 같은, 별의 신호는 오지 않는다.

낯익은 행성 낯익은 미확인비행물체, 귀향의 꿈이 푸른 안개 너머로 점점 엷어진다.

* 토성의 고리.

태양계 연대기 3

말하지 않아도 보이지 않아도

돌아오지 않아도 그리워하지 않아도

날마다 심장이 뛰듯 피가 돌 듯

날마다 숨을 쉬듯 눈을 뜨고 감듯

내 안에서 영원히 아물지 않는 상처

내 안에서 영원한 통증의 불수의근不隨意筋

더 이상 가까워지거나 멀어지지 않고

한순간도 꺼지지 않으며

바로 지금 이글이글 타오르는 불덩어리,

그대

한파일기

　내일은 한파가 몰아닥칠 거라는데 없는 것들은 추위도 가불로 맞아야 하나. 컴컴한 내복 군데군데 해진 골목길, 포장마차 비닐막 벌써부터 허연 입김 토하며 오들오들 떤다. 투명한 내장 속에 다닥다닥 붙어 오뎅이며 튀김 씹어본들 얼어붙은 하루 녹일 수 있겠냐. 그래도 살아보겠다고 걸어온 시간들 뜨겁게 한 모금 후후 불어 삼키는데 이따금씩 기웃거리는 칼바람 서슬에 하얗게 질린 목도리 제 역할 잊고 아, 추워 아, 추워 사람의 목덜미 파고든다. 쯧, 싼 것들이란. 그래, 이렇게 시린 날 어느 목숨 하나 온전한 정신이겠냐. 그래도 살아남은 이름들 안간힘으로 멈칫멈칫, 죽어가는 시곗바늘 등 떠미는 퇴근길. 그는 내일도 무사히 출근할 예정이다.

11월의 비

진저리치게 뜨거운 수직의 타악기

제 노래에 취해 지루한 줄 모르고

속절없이 타버린 길바닥 곳곳에 화상 홍건하다

견딜 수 없어 흠뻑 웃는다

눈부신 현기증은 자전과 공전 슬픈 속도의 표정

멀리 질주하는 당부에 눈 닫고 귀 열어 어제를 본다

저무는 계절, 그을린 빗소리마저 환하다

액자소설 광화문

누군가 나를 읽는다.
그의 시선이 머물 때 나는 주인공이 되고
지면을 넘기면 잊어버리지만
또 다른 곳에서 나는
당신 곁을 스쳐 지나가는
행인이 되어 광화문 골목길로 사라진다.

누군가 당신을 읽는다.
그의 시선이 머물 때 당신은 주인공이 되고
지면을 넘기면 잊어버리지만
또 다른 곳에서 당신은
내 곁을 스쳐 지나가는
행인이 되어 광화문 골목길로 사라진다.

누군가 우리를 읽는다.
그의 시선이 머물 때 우리는 주인공이 되고
지면을 넘기면 잊어버리지만
또 다른 곳에서 우리는
그의 곁을 스쳐 지나가는
연인이 되어 광화문 골목길로 사라진다.

어제는 눈이 많이 내렸다.

경복궁역 앞 커피점에서 뜨거운 아메리카노를 마시며 오래오래 당신을 생각했다.

당신도 내 알 수 없는 곳에서 오래오래 나를 생각했으나 당신도 나도 그런 일들을 알지 못한다.

우리는 누군가 읽는 소설 속에서 서로를 알지 못한 채 눈 내리는 광화문 네거리 횡단보도 신호대기선 앞에 서 있다.

늦은 밤 집으로 돌아온 그는 마을공원 고양이들 식탁에 밤참을 내었다. 고양이들의 호동그란* 눈 속에서 누군가 웃고 있었다.

* 이장희의 「봄은 고양이로다」.

뼈 있는 이야기

세상이야 어떻든 백세인생 시대란다

그저 오래 버티기만 하면 좋은 건가

아프지 않고 사는 거처럼 살아야지

의사가 그러더라, 커피 많이 드시죠?

뼈 삭습니다, 좀 줄이세요

나이 들면 칼슘 보충 잘해줘야 돼요

독일산 칼슘 캡슐은 벌써 먹어치웠는데 어쩌나

문득, 여행 선물로 사온 발포정 생각났지

주고 싶은 사람 수보다 많이 집어든 건 허영이야

무려, 칼슘과 비타민 D3 +C씩이나 되니

하루 한 알이면 뼈가 안도한다네

컵 속에서 부글부글 용솟음치는 허세들

세월호 870일째 광화문 네거리 단식투쟁과

점심 때 무얼 먹을까 고민하는 나 사이,

가끔은 사는 일들이 거품 같다

김밥천국

착한 김밥들이 앉아 있는 대합실 매표소에서 잠시 눈치 보다가 짬뽕라면 주문했어. 세상에, 누가 출발 직전 무른 표였나. 급행으로 나온 짬뽕라면. 표정도 무뚝뚝한 홍합 홀로 우뚝 앉아 있었지. 죽어서도 입을 열지 않는 격렬한 침묵, 그 안에 웅크린 분노가 두려워 묻지 못한 건 아니었네. 그때, 입맛대로 말린 김밥들은 스티로폼 열차에 실려 떠나가네. 선한 영혼들아, 누군가의 피와 살 되어 부디 행복해라.

언제였나. 망망대해 난파선 마실 물 없어 바다 들이켰지. 소금기로 바짝바짝 타는 목구멍에 자꾸 바다를 퍼부었어. 바다는 물이 아니라 불이라는 걸, 재만 남은 꿈을 보고 알았네.

목이 말라 짬뽕라면 국물 한 숟가락 떠먹었네. 목이 말라 자꾸 떠먹다가 마침내 그릇째 들이켰어. 실은, 짬뽕라면 국물도 물이 아니라 불이라는 걸 알고 있었어. 오랫동안 잊고 살았네. 행복한 건가.

고향에 갈 수 없었던 그날 명절 앞두고 폐업한 공장 바닥에 주저앉아 소주와 짬뽕국물 들이켜며 온 세상에 쌍욕 퍼붓던 춘식이 선물꾸러미와 그저 하염없이 눈물만 흘리던 영길이 낡은 가방처럼 아무렇게나 널브러져 이제 행복한 건가. 세상 바뀌지 않아도 차마 잊고 행복한 건가.

멀리 떠나왔다고 생각했는데 꿈은 늘 제자리로 돌아가네.

광안리 속사정

바다는 동면 중이었다.

마주 앉은 여자의 속사정을 나는 모른다.

그저 술잔을 기울이고 따라줄 뿐 묻지도 답하지도 않았다.

소주를 두 병 비우고 일어설 때까지 그 따위 안주는 필요
하지 않았다.

낭만 떠난 밤의 모래밭에, 갈매기를 모두 쫓아버릴 만큼
우렁찬 목소리를 가진 불우의 무명가수가 불후의 이웃 돕
겠다고 모금함을 세워두었다.

크기도 해라 그대의 꿈도 그만큼 아니, 그 이상이길 바란다.

광안리 비린내에 찌든 율곡, 퇴계 선생을 밀어 넣었다.

그때, 영영 깨어나지 않을 것 같았던 바다가 반짝, 눈을
뜨고 광안대교 쪽으로 달려 나갔다.

검은 장화를 신고 공사장 흙더미 뒤에 숨어 있던 바람은
끝내 웃지 않았고 여자의 눈빛이 하얗게 부서졌다.

비로소 바다의 몸 내음이 밀려들었다.

농담

일요일 저녁에 번개 맞고 타죽지 않았으니 다행이다.

월요일 아침에 면도기가 턱을 긁어 피를 보았으나 이반 투르게네프의 눈물이 그런 의미였는지는 모르겠고 자타불이自他不二의 눈물 얘기했더니 동갑내기 시인 교수, 아침부터 웬 사자성어냐 웃는다.

아니, 이게 웃을 일인가.

곰곰이(실은, 퍼뜩) 생각해보니 웃지 않을 이유는 또 무엇인가.

사자성어獅子成漁라, 사자가 크면 물고기 된다는 말씀 충분히 웃을 일이지.

멀리, 봄이 오지 않아도 사철 봄이 흐르는 동네에서는 때아닌 트루먼쇼*가 있었다는데 나는 또 친구가 보고 싶고.

* 자신의 삶이 24시간 생중계된다는 사실을 오직 자신만 몰랐던 트루먼(짐 캐리 분)이 진실을 알고 새로운 삶을 찾아가는 이야기의 영화.

3초, I AM DSRL CAMERA

명동역에서 세종호텔을 지나 충무로 쪽으로 건너는 횡단보도 신호등이 초록색으로 바뀌었을 때 막 길모퉁이를 돌아선 이십대 중반의 여자와 부딪칠 뻔했어 165~168cm쯤? 굽이 없는 플랫슈즈를 신었지 밝은 회색 폴로셔츠, 검정색 플레어 롱스커트를 입은 호리호리한 몸매 갸름한 달걀형의 얼굴에 뽀얀 피부, 가늘고 짙은 눈썹이 강인하면서도 이지적 느낌이었어 흠칫, 멈춰 서서 시스루뱅 스타일 앞머리를 가만히 쓸어 올리며 아무런 감정도 없는 눈빛으로 나를 쳐다본 여자는 지금 자신의 손짓이, 짧고 나지막한 한숨이 얼마나 고혹적이었는지 죽어도 모를 거야

3초면 제법 긴 시간 인간의 눈에는 잡히지 않는, 숱한 흔들림 그 안에 있지

빛의 풍경들

자몽 과즙 가득 채운 노을빛 때문인가.

해뜰녘이나 해질녘의 차이는 알 수 없으나 이런 풍정낭식
風定浪息의 시간은 내락 없이 슬프다.

반백을 넘도록 눈맞춤해도 물리지 않는 손톱달 예리해도
위험하지 않은 이유를 아나?

가까이 있어도 먼 사랑의 눈빛이 그렇다.

아니, 멀리 있어도 가까운 사랑의 눈빛마저도 그렇다.

위태로울 만큼 아련한 마음조각들 채곡채곡 쌓이는 골목
길 밤새 지킨 나트륨등 합장 고단해도 꺼지는 순간까지 따
뜻한 기운 잃지 않기를.

껑충 키 큰 전신주 너머 우두커니 선 건물 옥상 하늘 위
로 잿빛 꽃잎 점점점 깃발처럼 나부끼는 아침.

문득, 플라타너스 자리 베어낸 흔적도 없이 어느새 미루
나무 홀로 서 있다.

가고 오는 때를 알 수 없는 일들이 어디 그뿐인가.

누구도 쓸쓸하다 말해주지 않아서 저 혼자 쓸쓸한 빛의
풍경들.

수박노래방

비 그친 횡단보도 건널 때 달큰한 수박 비린내 번져 두리 번거렸지.

저만치 앞서 걷는 그녀 아닐까, 생각 아득하게 줄달음쳤네.

날이 좁고 날카로운 회칼이 좋아.

우선 깊숙이 찔러 넣어야 해.

어두운 씨앗 비껴 연붉은 심장 근사하게 세 번 찔러 꼭짓점 만들면 된다네.

어찌나 농익은 삶인지 아찔한 속살내음 두꺼운 껍질 쿡, 찍어 빼내기도 전에 질펀한 관능의 노래 온몸으로 젖어들고 안개처럼 자욱한 현기증 피어오르지.

자, 옛이야기 초대하고 싶다면 낡은 음반 생채기 같은 수박노래방으로 오세요.

밥이 예수다

개돼지들의 세상 시인 다섯 마리 망원시장통에 모여 앉아 3900원짜리 닭곰탕 먹는다.

명동 어딘가에 있는 유명짜한 곰탕집은 보통이 12000원 특이 15000원 그 위에 존귀하신 맛 새로이 계셔 세종대왕 두 분에 율곡 어르신까지 줄 세워 선불 받는다더라.

얄궂은 곰탕 한 그릇 값이면 다섯 목숨 구원하고도 선한 사마리아인의 고로케 열한 명 먹일 수 있는 곳.

퇴계 어르신 얼굴 한 번 펴면 단팥빵 세 개, 꼬마김밥 두 줄로 삶의 허기 채워주는 곳.

망원시장 들어서면 환히 열리는 사람의 골목, 수고하고 무거운 짐 진 이들의 걸음걸음 마침내 갈릴리에 닿으니 그 이름 지극한 사랑이라.

문득, 거룩해진 닭곰탕 앞에서 아멘— 하고야 마는 것이다.

반전

할인매장에서 구두 한 켤레 샀어

신자마자 발뒤꿈치 발가락 발등까지

일제히 전해오는 부적응의 아우성

새것은 헌것을 억누르려 하고

헌것은 새것을 길들이려 하지만

삶이란 언제나 싸우며 정분나는 일

신축성 좋으니까 곧 편해지실 거예요

행여 마음 바꿀까 상냥하게 웃는 점원

쇼핑백 얼른 안겨주고 신용카드 빼앗아가네

오랜 시간 그런 줄 알고 살아왔는데

발톱 깎다 보았지 짓눌려 굳은 새끼발가락

이런, 편해진 건 발이 아니라 구두였잖아

2부

에스프레소 아포카토

카페테라스에서 오가는 이야기들은 엷은 바람에 하늘거리는 꽃무늬 플레어스커트 같았죠. 문득, 그대가 생각났어요. 그거 알아요? 고소하고 달고 쓴 맛에도 제각기 다른 깊이의 표정이 있어요. 작은 숟가락보다 티스푼이 더 잘 어울리는 까닭은 묻지 말아요. 사랑은 안개꽃처럼 모호할 때가 좋죠. 이유가 분명한 끌림은 밝혀지는 순간 멀어진다는 걸 알고 있어요. 이곳에 질투와 고통의 불꽃은 없죠. 한 스푼 가볍게 떠올려봐요. 가장 차갑고 높은 음의 배추흰나비 율동과 그보다 조금 낮고 뜨거운 음의 갈색 더러브렛 질주 뒤엉킨 관능. 어쩐지 우유부단한 오메가스리와 수줍음 많은 미네랄까지 부드럽게 감싸 안으면 남국의 파랑바다 밑바닥까지 내려앉아 가만가만 흔들리는 산호초같이 아, 평온한 맛이에요.

젤라토 원 스쿱, 원샷 25ml 차가운 감흥에 끼얹은 뜨거운 본능. 누구도 간섭할 수 없는 찰나의 나르시시즘.

파스타 하루

어제 하루는 파스타였어요. 올리브 기름에 마늘을 볶았죠.
스파게티? 아니, 비골리였나 어쩌면 부카티나나 페투치니였는
지도 몰라요. 햇살 너른 창가에 웅크린 채 실눈 감은 고양이
가 생각났어요. 상큼한 뽀모도로에 프리마베라? 아니, 아라
비아따의 매운 맛이라면, 그래요. 행복한 졸음도 반짝, 눈을
뜰 거예요. 보세요. 벌써 저만치 달음박질하잖아요. 맞아요.
저 고양이는 라자냐를 좋아했던 거예요. 앉아서 당신을 기다
리는 행복 따윈 없어요. 프루티 디 마레 어때요? 아주 쉽죠.
포크로 돌돌 말아 허기진 시간의 입을 벌리고 살그머니 넣어
주면 돼요. 혀끝부터 감겨오는 관능의 환희는 어떤 과일보다
달콤하게 흐느끼죠. 압축된 식물의 울음은 당신의 실핏줄보
다 더 섬세하게 풀려나와 입안을 가득 채우고 끝내는 온몸으
로 스며들 거예요. 농밀한 까르보나라, 통후추를 곱게 갈아
뿌려줘요. 거친 사내들의 웃음이 보이네요. 혈관 깊숙이 자맥
질하면 아아. 해가 지고 있어요. 이제 그만 떠오르고 싶지만
당신은 이미 페스카토레 그물에 결박됐어요. 포유류의 어금
니, 송곳니로는 어림도 없죠. 하지만 우울해하진 마세요. 자
유보다 구속에 익숙한 당신이니까 체념의 꽃다발이 그리 싫
진 않을 거예요. 이글거리는 피 식으면 해도 저물고 목마른
당신은 또 다시 갈증 부르는 노래 기다리겠죠.

연어 漣語*

홀쩍 떠났다 돌아오는 내게 그가 말했다.

좋은 시간을 거슬러 돌아오시는군요.

응, 이젠 연어 알 같은 시 낳고 깨끗하게 죽어버려야지.

* 조어造語. 물결처럼 잔잔하게 움직이는 말.

우연히 사피엔스

아침에 휴대폰 전원을 켰더니,

iPhone(이)가 비활성화되었음
iTunes에 연결
> 밀어서 긴급통화

　외부로부터의 모든 연락이 단절되었다 제사장을 꿈꾸었던
남자는 섬이 되었고 섬은 슬기로운 사람의 안식을 찾았다

아마도 어쩌면 혹시나

생일 따위 뭐라고 동료 직원 사다준

초코케이크 한 조각 무심코 집어들 때

손가락에 배어든 초콜릿의 속삭임

Quizas Quizas Quizas*

생각났네 그 입술, 그 입맞춤 키사스

* Quizas Quizas Quizas : 아마도 어쩌면 혹시나. 쿠바 출신의 오스발도
파레스Osvldo Farres가 1947년에 만든 볼레로.

훈제 청어*는 맛이 있을까요?

하고 싶은 말 너무 많아 차라리

입 다물지만 부릅뜬 눈 감지 않겠다

어떤 침묵은 맹렬한 아우성이다

* 논리학에서 논점 이탈의 오류를 지적하는 다른 말.

칵테일

트로피칼 레드에 깊이 잠겼던 하루가 기지개를 켜면

하늘은 검푸른 바다의 문을 열고 금빛 물감 환희 풀어내요.

미처 돌아가지 못한 샴쉬르*의 달은 날카로운 슬픔으로

제 눈을 찌르고 제 심장을 찔러 얼어붙은 피를 깨우죠.

거짓은 셋에서 다섯쯤, 진실은 하나만 섞어요.

장미의 숨결 따라 환상 좇는 이 사랑은 모순, 감미로운
극약입니다.

* 페르시아의 굽은 칼. 초승달의 칼이라고도 불린다.

그늘의 위로

자다 깨어 엊저녁 일을 생각한다. 얼굴 크고 눈물 많고 웃음 싱거운 누렁소 같은 시인을 만나 반주 삼아 소주 한 병을 나눠 마셨다. 각 1병 다짐이, 둘이서 1병으로 바뀐 건 그가 생대구탕에 밥 한 그릇을 마파람에 게 눈 감추듯 해 치워서다.

2차로 맥주 한 잔을 더 하러 가서야 두툼한 그의 손을 처음 보았다. 그는 싱겁게 자꾸 웃었지만 참나무 둥치 같은 그의 손은 좀처럼 웃지 않았다. 어쩐지 맞잡으면 소금기 버석거릴 것만 같은 손. 난데없는 바닷바람이 안으로, 안으로 웅크렸다.

상처 드러내지 않는 일상이란 싱거울 수밖에 없으니 싱겁지도 않은 통북어구이를 짜디짠 간장에 찍고 또 찍어 씹었으나 소주 반 병과 생맥주 한 잔으로 바뀔 만큼 가뿐한 삶은 세상에 존재하지 않는다는 걸 서로 알기에 말은 점점 목구멍 속으로 잦아들었다.

예의 바르고 안전한 이야기들은 망가진 시계바늘처럼 제자리걸음을 반복한다. 지루한 시간을 강냉이처럼 집어 삼키다 아, 이거 참 배가 불러서 더 못 마시겠네. 밥을 그렇게 허겁지겁 먹는 게 아니었어. 우리는 마땅히 싱겁게 웃으며

헤어졌다.

　자다 깨어 그늘의 위로를 생각한다. 아무 것도 아닌, 어떤 표시도 나지 않는, 그렇기에 서로 부담스러울 일 하나 없는, 웅덩이에 들어 고인 물처럼 누추하게 만나 하릴없는 이야기들을 나누고 손 흔들던 엊저녁 기억이 따뜻해 그저, 외롭지 않다.

엇박자로 써보실래요?

시를 두 편 써야 하는데 엊그제 써둔 시 한 편을 밤새 만 지작거렸어.

우연의 필연으로 페이스북 친구가 올려둔 오에 겐자부로 의 세븐틴 비누거품 속에서 뭉클뭉클 시 한 편 발기했는데 이걸 사정해야 해?

있잖아, 아무도 모르는 동서고금의 비밀 하나는 내가 절 세의 박치라는 것인데 실은, 흑인들의 스윙, 싱커페이션 같 은 건들건들 으쓱으쓱 흔드는 엇박자의 끼가 반전이지.

노래방 갈 때마다 누가 부르든 당김음 찾아 고개 까딱거 렸어.

그래, 맞아. 모가지를 스프링으로 만든 목각인형처럼 말 이야.

친구들의 반응은 놀라울 만큼 똑같지.

어? 이 노래 알고 있었어요?

천만에, 오늘 처음 듣는다고.

빠르든 느리든 그냥 저절로 흔들리고 있을 뿐이야.

어깨 좌우로 흔들어주고 두 팔은 앞으로 뻗었다 당기면 돼.

엄지 중지 손가락 튕기며 건들건들 으쓱으쓱,

시도 그렇다는데?

누렁소 같은 K 시인의 강의시간에 졸다 창밖을 보았네

저 검은 강철지붕 아래 눈부신 세례

스테인리스 반사광 찰나의 실명

어느 날 불온한 산탄 은혜를 맞고

침묵으로 순종하던 자들은 눈이 멀어버렸다

잠깐 졸았나. 누렁소 같은 K 시인은 여전히 누렁소 콧김 같은 열기를 뿜으며 정직한 삶을 웅변하고 있었다 지루한 나는 창밖을 바라보았고 때마침 햇살은 회관 건너편 건물 검은 지붕 테두리에 걸터앉아 하얗게 웃고 있었다 굴절된 빛은 때때로 검은 것을 흰 것이라 왜곡한다는 걸 그때, 알았다

불의가 법이 될 때 저항은 의무가 된다*

* 토마스 제퍼슨의 말.

그림자

벽에 부딪쳐야 일어서는 삶이 있다

복어 이야기

결국, 우물우물 씹혀 부드럽게 목구멍으로 밀려 내려간
다. 날카로운 네 개의 이빨과 한껏 부풀린 볼로 허세 부려
보았으나 그뿐, 포식자의 아가리를 피할 수는 없었다. 포식
자는 교활하다. 어떤 상황에서도 적극적인 폭력은 피해자
의 역할이며 가해자의 것이 되지 않는다는 걸 알고 있다.
껍질은 벗겨 날로 초무침하고 몸뚱이는 접시가 비치도록
얇고 투명하게 회 뜬다. 끓는 육수에 데치기도 하지만 주로
조각내어 맑거나 붉은 탕을 끓인다. 사시사철 식탐 지극한
포식자들은 성찬 앞에서 기꺼이 한마디 애도 잊지 않는다.
어, 시원하구나. 바쁜 세상, 묵념은 생략이다.

사실, 피식자에게도 저항수단은 있었다. 테트로도톡신*
은 수많은 포식자를 일거에 살상할 수 있는 독이다. 해독제
는 없다. 예전에는 심심찮게 신문지상을 오르내리며 응징
과 경고의 효과를 누리던 시절도 있었다. 그러나 모두 옛이
야기. 무한 탐욕의 뇌를 가진 약탈자들은 기어이 사냥감들
의 가소로운 저항을 원천봉쇄하는 양식을 찾아냈다. 푸른
바다 깊은 곳에 자생하는 독초를 먹지 못하는 양식장의 수
탈자는 테트로도톡신의 화학식을 기억해내지 못한다. 이제
복요리를 꺼리는 인간은 없다.

인간이 조작한 먹이사슬은 순환하지 않는다. 최후의 포

식자는 언제나 포식자의 자리에만 머물고 그 숫자는 감춰진 규정에 따라 엄격하게 1%로 유지된다.

* 테트로도톡신(Tetrodotoxin, 화학식:C11H17N3O8)은 신경의 나트륨 채널의 작용을 방해하는 독. 테트로도톡신이라는 이름은 복어류의 학명에서 따온 것.

손톱을 깎으며

무슨 일인지 손톱이 빨리 자랍니다.

실밥 풀린 옷소매 같은 휴일 오후 하릴없이 웃자란 미움 깎아냅니다.

톡톡 잘린 시간들이 경계 밖으로 튑니다.

통제 안에 있어야 삶이 안락하다고 애써 타이르며 이리저리 쓸어 담는데 진심은 그게 아니었노라 자꾸 달아납니다.

영문도 모르고 뭉텅 잘린 어떤 하루는 억지로 삼키다 명치끝에 얹힌 가시 같아 소화액 들이켜도 좀처럼 내려가지 않는데 그래도 견뎌야 한다, 누르고 쓰다듬습니다.

어차피 인내란 제 가슴에 칼을 꽂는 일.

아직은 때가 아니라고 애써 웃으며 불안한 파편 하나, 둘 그러모아 다독입니다.

그래요, 오늘은 낯익은 상처 하나만 가만히 안아주겠습니다.

일기예보

고개 들어 올려다보니 바다는 흐린 그림일기를 쓰고 있었다 하얀, 파란 물감이 부족해 아직 풍랑은 제대로 그려넣지 않았고 그 때문인지 소금기는 자꾸 고요하게 가라앉았다 엷은 먹빛 그늘을 가진 얼음장들이 구름처럼 떠다니고 그 사이사이로 검은 새 두 마리가 지느러미도 없이 빠르게 미끄러져간다 뼈다귀만 남겨진 나무들이 제 그림자에 놀라 소스라치는 아침, 출근 채비를 마친 바람이 휘파람 불며 문을 나설 때 조급한 바다는 팔레트에 남겨진 물감을 뒤섞어 파도의 안간힘을 그려 넣었다 출렁, 흔들린다 바다는 황급히 오늘의 날씨에 검은 우산을 쓰고 그 위로 쩜 쩜 쩜 시침질한다 곧 비가 오겠으나 그는 외롭지 않겠다

초승달

저기, 인디고블루 바다에

얼어붙은 입술 한 조각 헤엄쳐가네.

델 듯 뜨거웠던 그때 그 레몬 맛이야.

단순하다는 말

자연의 진리는 단순하고 아름답다는 아인슈타인의 말을
이렇게 이해했어. 과학의 관찰과 연구 또는 예술의 사유와
통찰의 결과는 단순해.

아인슈타인의 $E=mc^2$

피카소의 알제의 여인들

고은의 그 꽃

그러나 우리에게 전해진 수많은 단순한 결과들이 단순한
내용으로 이루어진 것은 아니다. 단순單純 : 單-홑, 하나, 오
직, 다만, 혼자, 참, 정성, 큰 모양, 모두, 외롭다, 다하다, 도탑
다, 느리다, 크다, 오랑캐 이름, 고을이름. 純-순수하다, 순박
하다, 진실하다, 돈독하다, 전일하다, 온화하다, 좋다, 아름답
다, 밝다, 빛내다, 크다, 명주실, 정성, 열다섯 자, 모두, 오로
지, 묶다, 값이 싸다, 섞임이 없다, 온전하다, 검은 비단.

단순하다는 말은 결코 단순하지 않다.

금수저 흙수저

수산시장 핏물 감춘 도마 위에서 펄떡펄떡 맹렬한 삶의 비린내.

살려주세요, 살고 싶어요.

말할 수 있다면 그랬을 거 같아.

아니, 생각해보니 그건 관념의 사치.

갈고리에 찍힌 저 몸부림은 그저 아플 뿐 죽음 모른다.

날것의 공포는 먼 소멸이 아니라 가까운 고통으로부터 오는 것.

할 수만 있다면 이렇게 말했겠지.

아파요, 너무 아파요.

이 괴로움 멈출 수 있다면 죽어도 좋아(흥, 죽음이 뭔지도 모르면서).

몸통이 반쯤 잘려나간 방어와 멍게와 조개와 새우와 낙

지를 샀어.

얼굴 가득 웃음 분칠하고 손짓하는 더벅머리 따라 들어간 골목식당.

회 뜨고 토막 내고 굽고 끓이는 호러, 익명의 목숨들 덧없이 스러져갈 때 문득 떠오른 영화 대사 한 마디.

그러게 잘 하지 그랬어, 아니면 잘 좀 태어나든가.*

* 영화 〈내부자들〉 중에서.

카톡, 눈 소식

카톡,
카톡,
카톡,

시린 입김 푸르게 춤추는 아침

손전화기 바르르 진저리친다

멀리 가까이 방방곡곡 온 동네

눈 소식 카톡, 눈 사진 카톡,

살아 있어 반갑다는 맹렬한 인사

카톡,
카톡, 카톡,
카톡, 카톡, 카톡,

쏟아진다, 눈부신 삶의 눈사태.

3부

거미

하필이면 거기,

뭐 하나 낚을 것 없는 곳

돌계단 후미진 구석에서

산 입에 거미줄 치나

장사꾼이라면 모두 외면할 한적한 도로변에
방물좌판 펼쳐놓은 늙은 여자의 하염없는 눈

어머니,

가시버시

　여주 가는 직행버스에 여든 고개는 족히 넘어섰을 노부부 오른다. 오르자마자 맨 앞자리에 앉은 할머니 난 여기 앉을래, 다리 아파. 뒤쪽으로 들어가는 할아버지에게 큰소리로 말했다. 이런, 야속하기도 해라. 할아버지 뒤도 안 돌아보고 안으로 들어가 자리를 잡네. 부릉부릉 버스는 출발하고 안절부절못해 불안한 표정으로 자꾸 뒤를 돌아보던 할머니 주춤주춤 일어나 할아버지 자리 향해 이리 비틀 저리 비틀 걸음 옮긴다. 저승꽃 듬성듬성 핀 뺨이 어린 새악시처럼 발갛다.

성북천

성북천변 줄지어 선 은행나무 그늘 계단에 떨어진 플라
타너스 마른 잎 축대에 누워 일광욕하는 담쟁이넝쿨 젊은
부부가 미는 유모차 아기의 환한 옹알이 실업, 체스트업 머
신에 눕고 앉은 남녀의 붉은, 붉은 설렘 〈하늘다리〉 아래서
클라리넷 부는 노인의 맑은 눈 수크령, 억새, 강아지풀, 나
팔꽃 소란스러운 수풀 너머 돌 틈새로 자박자박 구르는 냇
물 머리 위로 후드득 날아오른 비둘기 두 마리 넉넉한 날갯
짓 〈늘벗다리〉 모퉁이 그늘에 숨은 능소화 수줍은 손짓 무
슨 속사정인지 축대에 버려진 교회 복음 위로 팔 뻗은 나뭇
가지에 올라 하하하 웃는 꼬마인형 〈물빛다리〉 아래 너럭
바위에 옹기종기 오리가족 엷은 낮잠 성북경찰서 건물 옥
상에서 투명한 머릿결 휘날리며 달려오는 바람 건너편 억새
수풀 사이사이 솟대 위의 새소리 지나가는 사람들 걸음 붙
드는 긴 나무의자의 빛바랜 졸음 〈용마교〉부터 〈한성대입
구〉까지, 성북천의 가을은 바삭하게 구운 초코쿠키 냄새가
난다

가을 기척

냉장고에 넣어두지 않은 페트병의 물이 마시기에 딱 좋습니다. 어떤 삶은 노상 뜨거워서 한겨울에도 찬물을 마셔야 합니다.

제 엄마보다 머리 하나는 더 커버린 아이가 부엌에서 밥을 볶습니다. 5인분은 될 것 같은데 혼자 먹겠다니 식욕도 하늘만큼 높아졌습니다.

외출하려고 방문을 열었다가 얼른 닫고 스웨터를 꺼내 입었습니다. 군밤봉지 손에 든 귀갓길에는 세탁소에 들러 겨울 외투를 찾아야겠습니다.

오늘은 왠지 귀뚜라미 소리 가득 담긴 편지를 받을 것만 같습니다. 자작나무 숲으로 간 당신에게 느리게 오는 편지를 읽어주고 싶습니다.

엄마의 속병

어쩌다 맛있는 음식 밥상에 오르면

엄마는 늘 물에 밥을 말아 드셨지

천천히들 먹어, 나는 속이 좋지 않구나

사월의 아이들에게

봄꽃 향기 눈 둘 곳 없이 천지 가득한데 검은 사월의 바
다 흰 꽃봉오리들 돌아오지 않네. 보이지 않네. 일천 날 지
나고 다시 헤아리도록 달라진 것은 아무 것도 없고 지상의
사계는 여전히 아비규환인데 젖은 꽃인들 돌아오고 싶으랴.

아서라, 아이들아 이대로 별이 되어라

다시는 이 땅에 태어나지 말고

생명의 기쁨 충만한 은하수 너머

불의 닿지 않는 머언 별이 되어라

별이 되어 그 빛으로 오거라

머리카락 잃은 엄마 아빠 꿈속으로

못다 채운 사랑의 빛으로 가까이 오거라

다시는 이 땅에 사람으로 오지 말고

썩은 대지 갈아엎는 뜨거운 목소리,

환하게 초록 물드는 사월의 바다로

오거라 아이들아, 끝 모를 어둠 속이라도

마침내 푸르게 돌아올 아이들아,

사월의 아이들아

* 세월호 추모시.

문상

어떤 슬픔은, 무슨 말로도 위로할 수 없다는 걸 알았습니다.

향을 꽂고 절을 하고 초췌한 슬픔과 맞절한 뒤 방을 빠져나올 때까지 아무 말도 건네지 못하고 고개만 끄덕끄덕 먹먹한 눈빛 나누었지요.

소복차림의 밥상 앞에 새 양복 같은 표정으로 웅크리고 앉아 육개장보다 뜨거운 그의 서러움들을 꾸역꾸역 밀어넣었습니다.

검푸른 파도 같은 아픔들아, 밀물 같은 서러움들아, 차원을 알 수 없는 목구멍 저 너머로 사라져버려라.

예고 없는 찬비에 떨어진 흰 꽃의 영면을 위해 좀처럼 익숙해지지 않는 이 공간의 창백한 무게를, 나뭇가지에 남겨진 꽃잎처럼 웃으며 견뎌야 합니다.

인연이란 이름의 형형색색 눈물과 애도가 잔칫집처럼 환하게 떠다닐 때 막차시간에 떠밀려 나와서야 비로소 핼쑥한 웃음 마주보며 고작, 밥 좀 먹으라는 말 흐릿하게 떨군 채 돌아섭니다.

끝내, 잘 견디란 말도 하지 못하고.

손금

손바닥 분할하는 갈색 경계는 무수한 샛강 거느린다. 양
파의 실뿌리가 섬세하다는 말은 틀렸다. 섬세한 건 실핏줄
이고 나는 지금, 손바닥 아래 흐르는 가녀린 강물 들여다보
며 귀 기울인다. 그때는 묻지 못했다. 유년을 떠밀며 흐르
던 강의 근원. 어디에서 보았는지 기억조차 나지 않으면서
도 물결무늬만은 또렷하게 되살아나는 불가사의한 강. 어쩌
면 절절한 믿음이, 기억에서 사라진 것들을 만들어낸 것일
지도 모른다. 나는 그저, 성근 기침소리로 얼음장 밑을 지
나던 그 겨울의 강물을 알 뿐이다. 지나간 시간들은 오감
으로 잡을 수 없기에 눈 닫고 귀 감는다. 보이지 않는 물결
은 들어야 하고 들리지 않는 소리는 보아야 한다고 내 안의
사유가 말했다. 새로운 눈과 귀 연다. 거기, 오래 전 보았던
그 겨울의 강물이 조금 더 세찬 기침소리로 얼음장 밑을 지
나고 있었다. 아아,

나는 지금 이승 그 어느 곳에서도 볼 수 없는 나의 시간
나만의 강가에 서 있다.

고등어조림에 관한 명상

그리운 것들은 왜 모두 멀리 있을까

오래 지켜본 뒤에야 알았다

비린내 뒤에 감춰진 고등어의 깊은 맛을 드러내려면 시간의 절대거리가 필요하다는 걸

그리움도 그렇다

시간의 거리는 곁에 머물거나 가까이 다가오는 그만큼의 반비례로 멀어진다

검푸른 파도를 해체하고 하얗게 벌거벗은 바다의 속살에 스며드는 양념의 속도

관성의 풍미風味를 버릴 때 가져본 적 없는 풍정風情의 기다림 따라 조금씩 우러나는 맛

멀어진 뒤에야 안다. 그리운 것들은 모두 곁에 있었다

옥상시인들

존경스러울 만큼 바르게 살아온 부부. 여자는 억척스럽
다 못해 표독하고 남자는 선하다 못해 우직한데 묘하게도
잘 어울려 일가친척 어느 집보다 잘 살더라. 비결이 무엇인
가 늘 궁금하였는데 어느 날 그 집 옥상에 올라가본 뒤 알
게 됐다.

한 해 만에 훌쩍 큰 키에 품까지 넓어져 햇무지개 마중하
듯 주렁주렁 열매 다복한 대추나무

오래 기다렸어 하나 남겨져 보라보라 재촉하는 도라지꽃

머언 꿈속 어린 연인 가락지 생각나게 하는 은별무리 부
추꽃

껑충 큰 키 싱거운 소복초롱 참깨꽃

매운 별도 저토록 하얗게 피네 고추꽃

노란 주먹참외 같은 주렁주렁 파프리카

이야, 별유천지비인간別有天地非人間*이로구나

얘, 이거 다 옥상에서 키운 거야. 어때? 맛있지? 식탁에 앉을 때마다 어룽거리는 흙내음의 시. 누님과 매형은 남몰래 옥상에서 시를 가꾸고 계셨구나. 집으로 돌아가는 날 한 줌만 훔쳐야겠다.

* 이백, 「산중문답山中問答」에서

출근길

조심조심 그늘로만 걸어가 델포이 신전을 떠난 아폴론의
마차 보이지 않아도 한눈팔면 위험해 난처한 황금화살은
언제나 4옥타브 투명한 그의 목소리보다 먼저 날아오지 한
대라도 맞으면 새까맣게 타올라 먼지처럼 흩어질 거야 공포
는 뱀파이어의 심장에만 머물지 않아 저기 그늘 지운 해 웅
덩이 질펀하게 흐르다 멈춘 끄트머리 날카로워도 망설이지
마 넘어서야 하는 건 첨탑이 아니라 현기증이란 걸 알아야
해 흐린 바람 앞세우고 인두겁 뒤에 숨어 살금살금, 횡단보
도 건너며 보헤미안 랩소디Bohemian Rhapsody* 듣는 겨울
아침 풍경

* 영국 록그룹 Queen의 노래.

출근길 2

저기, 저기 저 갈 길 끝자리 초록이 지쳐 단풍 드는데*

골목길 나설 때 신호등 눈빛 바뀌네

전_
력_
질_
주_

건넜다

할딱할딱 삶이,

충혈된 신호등보다

뜨거운 아침

* 서정주의 시 「푸르른 날」 발췌 변용.

출근길 3

명동역 내려 세종호텔 지날 때 부당해고 복직요구 시위 운동가요 이름 알 수 없는 가수 목소리 핏발 가득한데 햇살 너무 따사롭다.

들어야 할 자들은 보이지 않고 사람들만 무심히 지나쳐 간다.

진도 앞바다 깊숙이 잠긴 세월호 몇몇 주검은 여전히 돌아오지 않고 목숨 던져 아이들 구하려던 두 선생님 죽어서도 비정규직 딱지 떼지 못하고 참사 천 일 지나도록 변한 건 없다.

세월호 특별법 시행령 폐지하라!

충무로역 내려 극동빌딩 지날 때 비정규직 노동자 정규직 전환 데모 이름 알 수 없는 가수 목소리 핏발 가득한데 햇살 너무 따사롭다.

들어야 할 자들은 어디에도 없고 사람의 물결 쏴쏴히 밀려오고 밀려간다.

밀양 송전탑 제주 강정마을 사람들 뭍이라 말할 뿐 상처

투성이 바다, 일상 곳곳이 물비린내 가득한 세월호다.

잊지 않겠다, 기억하겠다 말하여도 듣고 바뀌어야 할 자
들은 보이지 않고 표정 없는 인파에 휩쓸려 또 하루 간다.

옛일

기어이 다시 서울로 이사하던 날,

엄마는 주인집 꽃밭에 물을 주셨지

네 것, 내 것 깨우쳐 알 만한 나이가 된

주인집 꼬마 고개 갸웃거리며 물었네

할머니, 왜 우리 꽃밭에 물을 주세요?

엄마는 말없이 웃으며 아이 머릴 쓰다듬었어

기찻길 옆 담장에 늘어선 코스모스

하늘하늘 연분홍 손수건 흔들어주고

봉고트럭 사이드미러에 앉은 햇살

꽃보다 환히 웃었지 눈부신 아침이었어

문밖 나서니 고추잠자리 날고 서늘한 바람

어느새 가을인가 문득, 옛일 생각났네

누구도 사랑이라 말하지 않네

눈 뜨는 새벽 밀물처럼 젖어드는 희미한 그리움

나지막한 소름으로 온몸 일깨우는 차가운 관능

어디에도 없고 어디에나 있는 불가해不可解, 불치不治의 욕망

안개 낀 겨울강 얼음장 밑을 흐르는 노래, 그대여

외롭고 쓸쓸한 맛에 대하여

어느 늦은 아침 분식집에 홀로 앉아 먹는 김치볶음밥과 어느 이른 저녁 중국집에서 낯익은 사람들 틈에 끼어 앉아 먹는 삼선볶음밥의 차이를 안다면 외로움과 쓸쓸함의 차이를 아는 것이다.

기꺼이 외롭고 쓸쓸한 맛이란 글루텐의 시절을 잃고 돌덩이 된 호밀빵 한 조각을 오래오래 씹어 권태의 육신에 숨겨진 눈물의 근육을 찾아내는 섬세한 혀와 유려한 미뢰味蕾를 가진 문장이다.

첩첩산중

정규직과 비정규직의 갈등 조장하는 피라미드 꼭대기의
검은 손. 대량해고와 청년실업과 경제인구 감소와 출산율
저하의 암담한 미래. 사드와 북핵과 고리원전과 지진 공포.
4시간 만에 설립인가를 받아내고 대기업으로부터 770억을
거둬간 수상한 단체. 세월호의 단식투쟁과 여당 대표의 단
식투정. 정치는 공전하고 사계절은 죽었다. 오늘의 날씨, 국
민의 체감온도는 타 죽을 듯 뜨겁거나 얼어 죽을 듯 차갑다.

명동역에서 충무로 향한 횡단보도 건너가다 시선을 왼쪽
으로 돌리면 보인다.

영락교회 지나

평화방송, 평화신문 건물 거쳐

국가인권위원회 빌딩마저 넘어서야

서울고용노동청에 닿을 수 있다

겹겹이 출렁이는 잿빛 산과 숲,

사는 일이

첩첩산중이다

이봐, 늑대도 이빨 빠지면 애완견이라고

칫솔질 마찰조차 견디지 못할 만큼 힘겹게 버티고 있었나 보다. 오래 전 아말감을 씌웠던 어금니가 뱉어낸 치약 거품을 좇아 툭, 빠져나왔다. 징후는 있었다. 흔들흔들 설악산 흔들바위처럼 여러 일상을 흔들어댔다. 너 왜 그러는지 알아. 어림짐작으로 외면하고 그래봤자 생의 신경 끊긴 강시, 철가면 쓴 미라에 불과하잖아. 귀찮아, 무시했었다. 아바타에서 공중부양하던 산과 들의 미니어처가 욕실 바닥에 나뒹구는 순간 왜 그렇게 후련하던지, 앓던 이가 빠졌다는 말을 비로소 몸속 깊숙이 이해했다. 아 왜, 살다보면 그런 일 많잖아. 치과에 가야겠다는 생각보다 하필이면 왜 환절기성 비염이 딱 멎은 바로 오늘 아침 어금니가 빠졌을까, 공교로운 이 릴레이는 행운일까 불운일까 그저 그런 일일까 생각했다. 흔들흔들 흔들고 흔들리면서.

하나는 분명해. 청산의 바위가 비와 바람과 햇살의 세례를 받으며 조금씩 풍화하듯 그렇게 마모되는 삶이 자연에 순응하는 사물의 근원적 태도라는 것. 가을 아침 한때를 표류하던 생각이 순결한 영웅담의 박제로 남겨진 관철동 디오게네스*의 말에 정박하고 웃음이 환하게 닻을 내렸다.

이봐, 늑대도 이빨 빠지면 애완견이라고.

* 고 민병산 선생의 별명.

4부

이명耳鳴

어둠 속에서

불쑥

성냥불 하나

화악—

그어놓고

제 울음 속으로

동그랗게 움츠러드는

통증의 마트료시카*

* 마트료시카(Matryoshka) : 큰 모형 속에 작은 모형이 계속 들어 있는 러시
아 인형.

바람을 그리는 법

소나무와 숲 그려놓고 솔바람소리松籟*라니

순간, 갸우뚱하다가 이내 하하 웃었네

바람은

향기는

소리는

어디에서 오나

숲과 나무 사이 저 환한 유유자적,

보이지 않는 바람을 그리는 법이다

* 송승호 화가.

수담手談*

참, 말이 많은 세상이에요

쉬운 말 어려운 말 고운 말 미운 말 따뜻한 말 차가운 말
부드러운 말 거친 말 달콤한 말 씁쓸한 말 환한 말 어두운
말 예쁜 말 무서운 말 좋은 말 나쁜 말

말로써 오해 빚고 말로써 갈라져 싸우니 이제 잠시 말 멈
추고 생각해봐요

어떻게 내 마음 고이 그대에게, 그대 마음 고이 나에게,
우리 마음 고이 그들에게, 그들의 마음 고이 우리에게 오고
갈 수 있는지

그렇군요, 세상에서 가장 아름다운 말은 말이 없는 말
말하지 않아도 그 뜻 오롯이 전해지는 말 그런 말이 있을까
요?

말하지 않아도 서로의 자리는 따뜻하고 환하였으며 즐거
웠다 손으로 나누는 말, 바둑

* 바둑의 별칭.

고립과 결핍의 황금비에 대하여

볼수록 풍부한 무채색, 그가 자를 대고 커터 칼로 네모 반듯하게 잘라내듯 모니터를 통째로 찍어냈다

아마도 그는 겨울을 예감하는 시기가 오면 얼어붙은 강 들여다보듯 이 사진을 볼 것 같다

어느 곳의 눈길인가 어쨌든 그는 홀로 걸어간다

의연하게 고립을 향하여 또는 이미 유유자적 고립 안에 서 그가 누구인지는 알 수 없지만 때로는 모르는 것이 더 좋고 지금이 그때일 것이라 믿는다

환경의 색과 거리 인물의 크기와 태도까지 황금비의 홀로 걷기라고, 그는 생각했다

한 생애의 결핍을 짐짓, 절제의 미덕이라 속이며 살았다

'예술은 우리들이 증오하는 삶을 영원하게 만든다'*

그는 셋이다

적지만 많다

알고 있지 않았나?

매트릭스 미스터 스미스 같은, 관념의 무한증식

젊은 연금술사와 늙은 수학자의 생각을 섞어 고립과 결
핍의 황금비를 짜낸다

* 수잔 발라동, 김진하 미술평론가에게.

고흐

푸른 녹과 주홍의 꽃은 지독한 모멸의 상징이지

살아 꼭 한 점의 그림을 팔았대

거칠고 붉은 터치와 가장 높은 음의 노란색으로 부식된 얼굴, 문화역 서울284 낡은 벽돌 건물에 기댄 남자

청동 이끼의 눈썹 아래 절망까지 삼켜버린 깊은 눈이 손짓하고 있었어

거부할 수 없었지

감자 먹는 사람들을 보면서 이름을 가만히 불러봤어

어쩐지 그 안에 당신 있을 것 같아서

해바라기, 사이프러스 춤추는 아를의 풍경 속으로 걸어 들어가 황홀한 소용돌이의 태양과 밤의 카페와 별빛이 흐르는 강물 바라보았네

귀를 자르고 하얀 광기로 칭칭 동여맨 남자의 바스러질 듯 금이 간 목소리가 보여

너희도 알게 되리라, 안의 지극한 쓸쓸함을,

생 레미의 병상을 떠나 까마귀 나는 오베르의 밀밭에서
스스로 가장 높은 음의 노란색이 돼버린 남자

세상에는 여전히 많은 고흐가 산다

권태, 이상, 바둑

어떤 시인은 '비의 한복판에서도 마른 독백을 한다'*는데 그는 그 안에서 바둑판과 흑과 백의 돌을 꺼낸다.

바둑은 참 이상하다.

이상의 연애편지를 보고나서야 누군가를 만나는 일이 맛나다는 것을 알았으니 그는 참 늦은 사람이라고, 바둑판 위의 그것이 꽃인지 별인지 생각하는 것이다.

우주요, 별이라 넓혀놓고 다시 화점花點이라니 이상하지 않은가.

시인이 사막을 찾으려 누군가를 건너든 말든 이상이 연애편지를 맛나기 위해 후루사토를 쓰든 말든 그는 포기하였던 아침밥을 맛나기로 한다.

이것은 정석의 변화일까, 신수일까.

* 황종권 시인, 최정희에게 보낸 이상의 연애편지에서.

금기에 대하여

고약한 것

끔찍한 것

난폭한 것

더러운 것

모멸스러운 것

음란한 것

흉측한 것

그 모든 나쁜 것들을 정면에서 마주하여 깊이 들여다보지 않고 그것들을 제대로 이야기할 수 있을까. 입에 담기도 어려운 그것들을 제대로 쓸 수 있을까. 어느 시절 한때는 예술의 상상이 인간의 행위를 넘어섰겠으나 이 시대는 인간의 행위가 예술의 상상을 넘어 다른 차원의 세계로 향해 나아간다. 물론, 그것은 인간이 정한 도덕의 기준으로 판단하는 선과 악의 의미와 전혀 다른 문제다.

선한 풍경

열린 창밖으로 보이는 하늘과 바다의 푸른 포옹이 환하
군요. 발목 적시는 해변의 포말도 하얗게 이를 드러냅니다.
비올라의 낮은 음으로 걸린 솜털구름 위로 갈매기 몇을 날
려주고 싶은 아침이에요. 조용히 방안으로 들어선 예의 바
른 빛과 아이의 여린 손짓으로 가만히 커튼 흔들던 바람이
악수합니다. 의자에 등을 기댄 차양모자와 팔걸이에 걸터
앉아 이야기를 나누던 찻잔의 시선이 부드럽게 책장을 넘기
고 있어요. 이곳에는 어떤 대립도 존재하지 않습니다. 마음
깊숙이 평화의 밀물 젖어오는 시간. 문득, 야생의 사자와
포옹하던 한 남자가 생각났어요. 어때요. 선한 풍경의 나지
막한 웃음소리, 보이나요?

* 카렌 홀링스 워스의 그림에 붙여.

깊은 슬픔

삼정리 물에 내린 빛과 결의 무늬를 사랑하는 작가의 사진을 보다가 잠이 들었다 가장 깊은 밤의 별들이 강물로 내려와 낮은 목소리로 자장노래를 불렀고 잊었던 요람의 시간들이, 이마가 푸르던 시절을 부드럽게 안아주었다 아늑한 잠이었다

어디서 누군가 참지 못하고

덜 마른 울음 모아 태우나 보다

귀 얇은 새벽 흐린 여울 건너는

비릿한 불의 신음, 잠조차 슬프다

세상은 왜 이리 아프고 또 아픈가

전등 켜고 머리맡 더듬어 슬픈 열대*를 본다

* 레비 스트로스.

백지 위임장*

눈 비비고 다시 보았다

서울 한복판이라 믿기 힘든 쇠락과 폐허의 사이

그 어디쯤엔가 창궐한 그리움이다

앙코르와트 사원을 감싸던 관능의 가호

나팔꽃 무심한 시선, 속절없이 가라앉는

여름의 분분한 아우성 물끄러미 쓸어 담을 때

제 역할 잃고 숲속으로 얼굴 감춘 의자는

기어이 분홍시절의 이름을 버렸다

벽에 기댄 빗자루의 꿈, 말 타는 여인과 가을 숲이

어긋난 세계의 블라인드로 겹겹이 걸어 나온다

보이지 않지만 보이는, 기억에 없는 기억들

* 르네 마그리트의 그림.

백지 위임장 2

베토벤 피아노협주곡 1번, 그때

오케스트라 숲속 오솔길에서

피아노 선율과 포옹한 그때

말 탄 여자의 목소리를 보았다.

음표로 해체되는 그림에 귀를 기울이며

백지위임장*의 화가를 생각했다.

처음 아닌 모호한 이미지들이

앞 다투어 시간의 강을 건너고

선택되지 않은, 얼굴 없는 문장들은

밤새처럼 새벽을 기웃거렸으나

아침 창가 블라인드를 걷기도 전에

눈이 녹듯 단호하게 사라졌다.

* 르네 마그리트의 그림.

정물의 슬픔은 시선의 선착순으로 온다

1. 천정에 붙박인 LED등 아직 눈 뜰 생각이 없고 책장 위의 지구본 고요하다. 벽에 붙은 야광 스티커 아침마다 빨간 기상나팔 부는데 뼈다귀만 남겨놓은 채 가출한 퍼피의 기억 하얗다.

2. 신혼집 필요한 병아리 둘, 노란 근심으로 빈집 앞을 서성거리고 초록 덤불 밤이 되면 흰 이 드러내고 웃는다. 폐허에 누군가의 온기라도 있었으면 좀 낫겠다는 호의는 오래 전 생각이다.

3. 낡은 아파트 최고층에 사는 시집들, 지루하다 못해 시집을 가고 싶어 안달하지만 오랜 시간 그리고 여전히 한마디 말도 건네지 않는 나머지 4개 층 과묵한 이웃의 동의를 얻지 못했다. 동의가 필요한 일이기는 한가. 실은, 청혼가를 들어본 기억도 없다. 다른 동의 사정도 마찬가지다.

4. 사람이 꽃보다 아름답다는 말보다 더 지독한 역설이 있을까. 오래된 미래*에만 머물고 있는 신은 가끔 놀라우리만큼 미숙하다. 돌이켜 보면 인간만큼 죄질 나쁜 병원체도 없는데 왜 지워버리지 못하나. 무관심에 가까운 딜레마를 엿본다.

5. 낯익은 만큼 낯선 이 별의 불행은, 그런 고난이 당분간 지속가능할 것이라는 높은 예측의 신뢰와 그럼에도 불구하고 희박한 멸절의 가능성에 근거한다. 희망은 오직, 몇 해째 소식 없는 바퀴벌레와 실종된 퍼피의 상관관계를 찾는 일이다.

6. 아침이 왔는데도 뇌가 캄캄하다.

* 헬레나 노르베리 호지.

플랫폼

이 작은 생각의 역은 주거지 친화적이다

많은 생각이 모여들어 타거나 내리고 떠난다

모여든 생각은 모두 근처에 서식하거나 관계가 있다

찾아오는 생각을 마중하거나 떠나는 생각을 배웅하거나
스스로 떠난다

스스로 떠난 생각은 곧 돌아오거나 오래도록 돌아오지
않거나 영영 돌아오지 않을 것이다

스스로 찾아온 생각은 곧 돌아가지만 간혹 오랫동안 돌
아가지 않거나 아예 돌아가지 않는 경우도 있다

아주 먼 여행이나 오래 머물 생각은 더 큰 역을 찾아야
한다

내리고 올라야 할 생각 모두 오르내린 텅 빈 역에서 꼬리
를 길게 늘어뜨린 채 달아나는 열차를 본다

타야 할 생각은 발을 구르지만 이내 체념한다

열차는 결코 뒤에 남겨진 생각 따윈 염려하지 않고 정해진 순환의 시간까지 돌아오지 않을 것이다

생각은 시계를 들여다보고 아직 늦지 않았음에 안도한다

또 다른 생각을 태운 열차가 곧 도착하리라는 걸 안다

열차가 역으로 들어설 때까지 주어진 시간 동안 생각은 일탈을 꿈꾼다

자, 오늘은 어디로 가지?

더 많은 생각을 만나려면 더 큰 역으로 가야 한다

수백만 년의 빅데이터로 진화해온 최고의 플랫폼, 사람

호모 코르부스Homo Corvus

누군가 나를 약탈한다

1

2

4

16

256

65536

.

.

.

.

.

∞

끝없는 착취의 피라미드, 파멸의 순간까지 멈추지 않을 탐욕의 뫼비우스 띠

나도 누군가를 약탈한다

---

* 약탈의 인간. 영화 〈폼페이 최후의 날〉의 코르부스 의원(키퍼 서덜랜드 분)은 약탈을 의미하는 라틴어에서 착안한 이름.

오만

　가설— 인간이 지구상 최악의 생명체라는 걸 알면서도 마지막까지 신의 가호를 믿어 의심치 않는다 인간이야말로 괴멸 직전에 이른 녹색별을 복원시킬 수 있는 최선의 존재이기 때문이다

　이 터무니없는 가설의 처음이자 마지막 함정은 신의 부재다

우화

사직구장에갑자기나타난고양이한마리질주한다야구경기
잠시순연되고관중석에서쏟아지는박수갈채잔디위달리던고
양이담장넘을때까지그치지않고선수들도어리둥절웃으며중
계석진행자해설자까지혼연일체손뼉치며크게웃는다같은고
양이과라고우군아니다적은항상내부에있다어쨌든경기는지
고있던거인이호랑이에게역전승했다

그대들이 죽어라 열심히 일한 대가로 쟁취한 여유와 즐
거움이란 결국, 잔디 위를 달리는 고양이 한 마리조차 감당
하지 못할 만큼 심심한 환상에 불과한 것이다

갈 곳이 없다*

〈갈 곳이 없다〉는 그림을 보다 사전 펴놓고 부유하다는 말 한참 들여다본다.

1. 행선지를 정하지 아니하고 이리저리 떠돌아다닌다. 떠돈다.
2. 재물을 풍부하게 가지고 있다. 넉넉하게 산다.

한자 만든 대륙인들은 다른 발음, 다른 성조로 구별하겠지만 누군가 이끄는 대로 옛사람들의 관습을 함부로 버릴 수밖에 없었던 나는 조금 억울하지만 무엇으로도 가늠하지 못하고 부유浮游와 부유富有의 사이, 아득한 거리에서 방황한다. 모든 가치 앞에 속도의 효율성을 두는 것. 원한 적 없으나 오랜 시간 그렇게 길들여졌다. 그게 나의 사소한 민낯이고 수많은 나, 우리의 문제 중 하나다.

* 딕슨(Maynard Dixon, 1935).

사랑이라 말하지 않아도

어느 날, 아이가 내 얼굴을 바라보며 말했다

엄마 눈 속에 내가 있어서 참 좋아요

* 정영재, 김소리 모녀에게 드립니다.

고독한 단독자의 언어
― 손종수 시집 「밥이 예수다」 읽기

오민석/ 문학평론가·단국대 교수

I.

　　롤랑 바르트R. Barthes에 의하면, "랑그langue는 진실들의 추상적인 원과 같은 것이며, 이 원을 벗어날 때 비로소 밀도 있는 고독한 언어가 쌓인다" 여기에서 '고독한 언어'란 파롤parole을 지칭하는 것인데, 바르트는 파롤을 '문체' 개념으로 발전시킨다. 그에 의하면 문체라는 "자급자족적인 언어는 작가의 개인적이고도 은밀한 신화 속에서만, 파롤이라는 그 하위물리학 속에서만 연장된다" "그것은 목적지 없는 형태이고, 어떤 의도가 아니라 충동의 산물이다" 여기에서 우리의 주목을 요하는 것은 문체가 "의도가 아니라 충동의 산물"이라는 지적이다. 그것은 충동의 산물이기 때문에 작가의 의식 너머 혹은 아래에서 만들어지는 것이다. 말을 바꾸면 문체는 충동의 다른 이름인 본능, 이드Id 혹은 무의식의 산물인 것이다. 그리하며 모든 문체는 작가만의 고유한 '비밀'을 감추고 있다("문체는 언제나 하나의 비밀이다" ―롤랑 바르트). 이런 점에서 모든 텍스트는 비밀을 감추는 위장의 기제인데, 그럼에도 불구하고 텍스트는 무의식적 균열을 텍스트의 표면에 흩뿌림으로써 비밀을 드러낸다. 비평은 텍스트에 안주하지 못하고 떠도는 말들을 잡아 다시 배열하는 언어이다. 비평의 '자유연상free association'과 텍스트의 '떠도는 말들'이 만날 때, 이들은 비로소 '대화적 관계' 안으로 들어간다.

손종수 시집에는 의도하지 않은 사건들의 무의식적 배열들이 존재하는데, 우리는 그 배열의 먼 기원에서 '어머니'를 만난다. 만일 손종수가 '고독한 단독자'라면 그 고독은 가난한 어머니에 대한 기억에서 비롯된다. 그 어머니는 가난했을 뿐만 아니라 무방비, 무대책 상태에서 홀로 생계를 책임져야 했던 외로운 존재였다. 말하자면 그에게 있어서 '어머니'는 '가난'과 '고독'의 시니피에들이 응축된 존재였던 것이다. 어머니에 대한 그의 기억은 깊은 '현실'이어서 어머니와 관련된 시들은 그 내용의 위태로움과 무관하게 매우 안정된 서술 패턴을 보여준다.

하필이면 거기,

뭐 하나 낚을 것 없는 곳

돌계단 후미진 구석에서

산 입에 거미줄 치나

장사꾼이라면 모두 외면할 한적한 도로변에
방물좌판 펼쳐놓은 늙은 여자의 하염없는 눈

어머니,

— 「거미」 전문

매출의 가능성이 거의 없는 공간에 좌판을 벌려놓은 "늙은 여자의 하염없는 눈"은 손종수의 아픈 트라우마이다. 마지막 행의 "어머니,"는 마침표가 아니라 반점半點으로 끝난다. 그에게 있어서 어머니는 끝난 역사가 아니라 계속 이어지는 사건인 것이다.

어쩌다 맛있는 음식 밥상에 오르면

엄마는 늘 물에 밥을 말아 드셨지

천천히들 먹어, 나는 속이 좋지 않구나
—「엄마의 속병」 전문

말라르메S. Mallarmé는 「바다의 미풍」에서 "육체는 슬프다"고 하였거니와, 슬픔은 늘 몸과 함께 더 깊어진다. 들켜버린 거짓말이 담고 있는 '아픈 사랑'은 "엄마의 속병"이자 동시에 시적 화자의 속병이기도 하다. 왜냐하면 유년의 화자는 절대가난과 고독 상태에 있는 어머니에게 아무런 보탬이 될 수 없었으며, 성년의 화자에게 어머니는 이미 부재의 존재였기 때문이다.

II.

그리하여 손종수에게 어머니는 영원히 채워지지 않는 결핍이다. 그는 부재하는 어머니 대신 '사랑' 에너지를 방출할 대상을 찾는다. 그는 스스로 어머니 같은 '집'이 되고 싶은 것이다.

오랫동안 누군가의 집이 되고 싶었다.

방바닥에 엎드려 동화책을 보다가 바느질하던 엄마의 눈과
마주친 아이의 웃음 같은 집

육성회비 내지 못해 교실에서 쫓겨났을 때 동네 골목까지
바래다준 슬픈 햇살과 그림자친구 같은 집

(…)

고속 재봉틀 바늘에 손가락 꿰뚫리고 공장 바닥 군용이불
속에서 밤새 앓던 소년의 아늑한 진땀 같은 집
— 「명왕성 이야기」 부분

첫 행의 "오랫동안"이라는 부사어는 집이 되고 싶어하는 그의 욕
망이 긴 역사를 가지고 있는 것임을 보여준다. 둘째 행에서 어머니
에 대한 기억이 여지없이 등장하는 것을 보라. 그에게 있어서 "집"은
어머니에 대한 환유적 상상력의 결과이다. 집은 어머니의 자궁이며
어머니 이미지와 인접해 있는 사물로서 부재하는 어머니를 대체한
다. 그는 스스로 어머니가 되어 혹은 어머니로 돌아가 가난과 궁핍
과 불행의 존재들을 껴안고 싶어하는 것이다. 그러나 이 시의 마지
막 행은 자신이 욕망한 집이 "기다리다가 그리워하다가 마침내 누
구의 집도 되지 못한 허공의 집"이라고 고백한다. 이 시의 제목이 국
제천문연맹에서 분류법이 바뀌며 행성의 지위를 박탈당한 "명왕성
이야기"인 것도 바로 이 때문이다. 부재는 부재이다. 어머니의 부재
는 오로지 어머니만이 채울 수 있을 뿐, 그것을 대체하는 모든 사
물들은 일종의 판타지에 불과한 것이다. "기다리다가 그리워하다가"
그가 마침내 도달한 것은 "허공"이었던 것이다. 이는 얼마나 찬란한
고통인가. 바르트는 문체를 작가의 "'사물'이고 찬란함이며, 감옥이

고 고독이다"라고 하였다. 손종수가 찾은 사물은 화려한 판타지여서 찬란하고, 돌아나오기 힘든 공간이어서 감옥이며, 구원의 동반자가 부재하므로 고독하다.

표제작인 「밥이 예수다」에서 그는 "망원시장통"에서 "3900원짜리 닭곰탕"을 함께 먹는 가난한 시인들의 모습을 재현하고 있다. 이 시는 일종의 아름다운 '밥상공동체'를 보여주는데, 그는 망원시장을 "수고하고 무거운 짐 진 이들"이 마침내 닿은 "갈릴리"라 호명하고, 그 호명의 결과 "거룩해진 닭곰탕"에 대해 말한다.

개돼지들의 세상 시인 다섯 마리 망원시장통에 모여 앉아
3900원짜리 닭곰탕 먹는다.

(…)

망원시장 들어서면 환히 열리는 사람의 골목, 수고하고 무거운 짐 진 이들의 걸음걸이 마침내 갈릴리에 닿으니 그 이름 지극한 사랑이라.

문득, 거룩해진 닭곰탕 앞에서 아멘— 하고야 마는 것이다.
—「밥이 예수다」 부분

그러나 이것으로 그는 이룰 것을 이루었을까. 앞에서 집이 어머니에 대한 '환유적' 상상력의 결과물이라면, 여기에서의 시인공동체는 어머니가 꿈꾸었던 밥상공동체에 대한 '은유적' 상상력의 결과이다. 그러나 라캉J. Lacan의 말마따나 욕망은 결코 채워지지 않는다. 욕망은 결핍을 낳고, 결핍은 욕망을 낳는다. 라캉은 프로이트S. Freud가 말한바 응축condensation과 전치轉置, displacement라는 꿈의 두 가지

조직 원리를 은유와 환유로 바꾸어놓았다. 이 말은 결국 무의식조차도 언어적으로 구성된다는 주장인데, 상징계 안에서 언어를 경유하여 궁극적인 본질에 도달한다는 것은 불가능하다. 이런 점에서 은유와 환유는 본질을 에워싸고 도는 기표들의 안타까운 방황이라 할 수 있다. 이질적인 사물들(시인공동체와 가족들의 밥상공동체)을 결합해 그 안에서 유사성을 찾고(응축, 은유), 어머니를 집으로 대체(전치, 환유)해도 도달할 수 없는 것이 있다. 이 영원한 부재를 에워싸고 도는 영원한 단독자의 고독한 언어, 그것이 손종수의 시이다.

III.

대상과의 합일을 꿈꾸는 그의 시들에서 우리가 감각어感覺語들을 자주 만나는 것은 우연이 아니다. 감각은 언어 이전 혹은 언어 너머 실물의 세계이고, 감각은 개념에 현존presence의 옷을 입힌다.

저기, 인디고블루 바다에

얼어붙은 입술 한 조각 헤엄쳐가네.

델 듯 뜨거웠던 그때 그 레몬 맛이야.

—「초승달」전문

"델 듯 뜨거웠던" "레몬 맛"이야말로 존재의 유물론적 증표이다. 감각은 개념을 물질화하고, 그런 의미에서 비非존재를 존재화하는 기제이다. 초승달→입술→레몬으로 이어지는 이미지의 연쇄는 개념이 물질화되는 과정이다. 그러나 이 시는 레몬의 '뜨거움'과 입술의 '차가움'("얼어붙은")을 대비시키고 있다. 뜨거움은 과거였고 차가

움은 현재이다. 감각은 존재의 뜨거운 '현현顯現'을 가능하게 하지만 곧 사라진다. 감각의 뜨거움 역시 그런 의미에서 또 다른 층위의 판타지이고 '허공'이다. 그가 다른 시에서 "차가운 관능"(「누구도 사랑이라 말하지 않네」)이라는 표현을 사용하는 것도 이런 맥락에서 이해할 수 있다. 그는 이 시에서 '관능'을 "안개 긴 겨울강 얼음장 밑을 흐르는 노래"로 다시 호명하고 있다. "안개"는 불확실성의 상징이고, "얼음장 밑을 흐르는 노래"는 에고ego와 슈퍼에고superego에 억압된 본능을 가리킨다.

앙코르와트 사원을 감싸던 관능의 가호

나팔꽃 무심한 시선, 속절없이 가라앉는

여름의 분분한 아우성 물끄러미 쓸어 담을 때

제 역할 잃고 숲속으로 얼굴 감춘 의자는

기어이 분홍시절의 이름을 버렸다

— 「백지 위임장」 부분

본능(관능)이 쾌락원칙pleasure principle의 지배를 받는다면 에고와 슈퍼에고는 현실원칙reality principle을 따른다. 어머니에 대한 그의 욕망은 일종의 유토피아 욕망이고, 그런 의미에서 쾌락원칙의 산물이다. 현실원칙은 사라진 존재의 완전한 복원을 허락하지 않는다. 그것은 유토피아 욕망("여름의 분분한 아우성")을 "속절없이 가라앉"힌다. 현실은 "분홍시절의 이름"을 버린 것들만 받아들인다. 그리하여 모든 욕망은 "아마도 어쩌면 혹시나"(「아마도 어쩌면 혹시나」)

의 욕망이고, 그것이 성취하는 것은 결핍뿐이라는 점에서 "감미로
운 극약"(「칵테일」)이다.

어둠 속에서

불쑥

성냥불 하나

화악—

그어놓고

제 울음 속으로

동그랗게 움츠러드는

통증의 마트료시카*

—「이명耳鳴」전문

이 시의 각주에도 나와 있는 대로 "마트료시카"는 "큰 모형 속에
작은 모형이 계속 들어 있는 러시아 인형"이다. 마트료시카는 성냥
불처럼 순식간에 발화하고 사라지는 감각의 세계와 맞서 있는 분열
된 주체들이다. 그것들은 감각의 '순간성' 때문에 절망하고 "움츠러
드는" 주체의 다양한 층위를 보여준다. 주체들은 감각의 불꽃으로
주체가 되는 순간 비非존재가 된다.

IV.

수잔 손택S. Sontag은 『사진에 관하여On Photography』라는 책의 본문 첫 페이지를 "인류는 여지껏 별다른 반성 없이 플라톤의 동굴에서 꾸물거리고 있다"는 말로 시작한다. 앞에서 말했다시피 은유와 환유, 그리고 모든 감각어들이 지칭하는 것은 적어도 실재계the Real 의 차원에서 보면 판타지, 즉 플라톤의 동굴 벽에 너울거리던 그림자들이다. 그렇다면 손종수는 없는 것을 찾아 헤매고 있는가. 물론 그는 어머니라는 '부재하는 중심'의 주위를 돌고 있다. 그러나 그는 이 욕망의 궤도가 근본적으로 '허무'이며 '허공'이라는 사실을 잘 알고 있다.

선한 영혼들아, 누군가의 피와 살 되어 부디 행복해라.

(…)

바다는 물이 아니라 불이라는 걸, 재만 남은 꿈을 보고 알았네.

(…)

멀리 떠나왔다고 생각했는데 꿈은 늘 제자리로 돌아가네.

　　　　　　　　　　　　　　　　　　　　　　—「김밥천국」부분

"선한 영혼들"은 분열 이전의 통합의 상태를 지향한다. 판타지의 개입이 없던 완전한 합일은 어머니의 자궁이라는 '집'에서만 가능했다. 오로지 "피와 살"의 실물만 존재할 때 행복이 가시화된다. 그러나 자궁이라는 고향에서 쫓겨난 이후 우리는 그곳으로 다시 돌아갈 수 없다. 귀향은 늘 "꿈"이며, 생명의 물이 아니라 생명을 태우는 불

117

앞에 서 있다. 그리하여 "재만 남은 꿈"을 감당해야하는 것은 늘 단독자인 개별 주체인 것이다.

손종수 시인은 삶이 정확히 "고립과 결핍의 황금비"(「고립과 결핍의 황금비」)라는 사실을 잘 알고 있다. 그러나 그것을 안다고 해서 삶이 평안한 것은 아니다. 삶은 현실원칙이라는 씨실만이 아니라 쾌락원칙이라는 날실과의 끝없는 교직交織이기 때문이다. 그러므로 그가 "너희도 알게 되리라. 내 안의 지극한 쓸쓸함을"(「고흐」)이라고 말할 때, 우리는 공감의 언어로 화답할 수밖에 없다. 우리가 할 수 있는 것은 고작 "선한 풍경의 나지막한 웃음소리"(「선한 풍경」)를 들으며 예수와 어머니가 차리는 가난한 밥상 앞에 함께 앉는 것이다. 그러나 "사랑은 이후로도 계속 고독해야 한다"(「태양계 연대기」). 왜냐하면 우리는 밥상 앞에서도 결핍으로 구성된 고독한 단독자이기 때문이다. 그럼에도 불구하고 그의 언어는 마치 "통증의 불수의근不隨意筋"처럼 시를 지을 것이다. 왜냐하면 문체는 어떤 의도가 아니라 충동의 고독한 언어이기 때문이다.

현대시세계 시인선 074

밥이 예수다

지은이_ 손종수
펴낸이_ 조현석
기 획_ 백인덕, 고영, 박후기
펴낸곳_ 북인
디자인_ 김왕기

1판 1쇄_ 2017년 05월 03일
출판등록번호_ 313-2004-000111
주소_ 121-842 서울 마포구 서교동 467-4, 301호
전화_ 02-323-7767
팩스_ 02-323-7845

ISBN 979-11-87413-74-5   03810
ⓒ 손종수